심장보다 높이

심장보다 높이

신철규 시집

창비

차
례

제1부

제2부

제3부

제4부

제 1 부

세화

우리는 끝을 보기 위해 여기에 왔다

흐린 수평선에 걸린 구름이 아랫입술을 깨물고

서서 죽은 물
하얗게 누운 비석

외계에서 온 사람들
우리는 서로에게 비밀이 되어
서로 먼저 등을 돌리라고 재촉한다
뒷모습을 보여주기 싫어서
뒷모습을 들키기 싫어서

도대체 어디까지 가야 우리는 난민이 될 수 있을까
마음속에 일어난 난을 피해 우리는 어디로 망명해야 할까

어디까지 망가질지 몰라 두려운 사람들이 선을 긋는다

감은 눈 속에서 다시 한번 눈을 감고

눈 속의 눈을 감고

입속에 갇힌 수백 마리 나비가 날갯짓을 하고 있다

죽이려고 하는 사람들 앞에서
살아남으려는 사람들은 어김없이 폭도가 된다

서로의 얼굴을 향해 고개를 돌리고 누워 있는 해골을 보
았다
얼굴에서 살이 없어지면
모두 저렇게 표정이 사라질까
텅 빈 웃음만 남기고

서로의 고통스러운 표정을 참아낼 만큼 그들은 사랑했던
걸까

해변을 걷다보면 다시 또 여기로 오겠지
여긴 벗어날 수 없는 한 덩어리의 땅이니까

아이들은 모래사장에 나무 막대기로 그림을 그린다
두고 온 집과 보고 싶은 사람들을
윤곽만 남은 얼굴들을

성급하게 식은 용암은 구멍이 많은 돌이 되고
몸보다 앞서간 말들은 툭툭 끊기고
부러진 늑골 같은 구름들

동굴 입구에서부터 기어온 매캐하고 검은 연기를 피해 도
망쳐 나온 사람들은 해변으로 끌려왔다
그들의 눈이 마지막으로 향한 곳은 육지일까 바다일까

우리가 볼 수 없는 모든 빛*
우리만 볼 수 있는 어떤 빛

해변과 수평선 사이에 당신을 오래 세워두고 싶다

무지갯빛 슬리퍼 한 짝이 파도의 끄트머리에 걸려 밀려왔
다 밀려간다

* 앤서니 도어의 소설 제목.

흐르는 말

흐르는 물이 절벽을 만나면 폭포가 된다

떨어지는 말
낙차가 큰 말
바닥에 부딪쳐 으깨지는 말

생각 좀 하고 말해.

나는 생각을 하지 않고 말을 하고 있었나
생각을 덜 하는 것과 안 하는 것은 무슨 차이가 있을까
말이 생각에서 나온 것이 아니라면

불편한 사람은 생각이 많다
생각이 많아서 불편하다
비밀은 문지를수록 미끈거리고 거품이 나온다
혓바닥 위로 송충이가 기어가는 것 같다

생각 좀 너무 많이 하지 마.

눈앞에 있는 사람을 위로할 때
보이지 않는 누군가를 비난하게 된다
없는 사람에 대해 생각한다
없기 때문에 생각한다
적의 심장에 빠르게 칼을 찔러 넣기 위해 인간은 오른손
잡이가 되었을까

우리는 소문으로 들러붙고 비밀로 밀어낸다

우리 두 사람이 알 정도면 모르는 사람이 없을 일
우리는 소문의 끝이고 바닥
바닥에 고인 소문들이 부글부글 끓는다
범람하는 입과 밀봉된 귀 사이가 멀다

갇힌 사람

두꺼운 유리판을 사이에 두고
두 사람이 서로를 갇힌 사람이라고 부른다.
넌 갇힌 사람이야.

흰 돌과 검은 돌이 든 주머니가 있다.
꺼낼 때마다 검은 돌이었다.
흰 돌이 나올 때까지 멈출 수가 없다.

내가 가지 않은 곳에 나는 있었고
내가 말할 수 없는 곳에 나는 있었다.
나는 사람이었고 사람이 아니다.

머릿속에 물이 가득 찬 것처럼 조금만 고개를 기울여도
휘청거렸다.
　한번 떠오른 것은 가라앉지 않았다.
　썩고 나서야 떠오르는 것이 있다.

흐린 물속에 잠겨 있는 틀니 같은 그믐달.
새 한 마리가 밤하늘을 바느질하며 나아간다.

16

점선처럼 툭툭 끊기며

내뱉을 수 없는 말들이 입술에 가득 묻어 있었다.
거울 앞에서 입술을 뜯어냈다.
심장을 손아귀에 넣고 꽉 쥐고 있는 손이 있다.

천장에 붙어 있는 풍선들.
실을 꼬리처럼 매달고
천창을 뚫고 나가지 못해 안달이 난 것들.

나는 네 앞에 서 있다,
잿빛 장미를 들고.

심장보다 높이

욕조에 몸을 담그고 있는데 전기가 나갔다
밖에는 비가 내리고
녹슨 슬픔들이 떠오른다
어두운 복도를 겁에 질린 아이가 뛰어간다

바깥에 아무도 없어요?
내 목소리가 텅 빈 욕실을 울리면서 오래 떠다니다가 멈
춘다

심장은 자신보다 높은 곳에 피를 보내기 위해 쉬지 않고
뛴다
　중력은 피를 끌어 내리고
　심장은 중력보다 강한 힘으로 피를 곳곳에 흘려 보낸다

발가락 끝에 도달한 피는 돌아올 때 무슨 생각을 할까
　해안선 같은 발가락들을 바라본다

우리가 죽을 때 심장과 영혼은 동시에 멈출까
뇌는 피를 달라고 아우성칠 테고

산소가 부족해진 폐는 조금씩 가라앉고
피가 몸을 돌던 중에 심장이 멈추면
더이상 추진력을 잃은 피는 머뭇거리고
나아갈 수도 돌아갈 수도 없고
할 말을 찾지 못해 바싹 탄 입술처럼
그때 내 영혼은 내 몸 어딘가에 멈춰 있을까

물이 심장보다 높이 차오를 때 불안해하지 않는 사람은
없다
깊은 물속으로 걸어 들어갈 때
무의식중에 손을 머리 위로 추켜올린다

무너질 수 없는 것들이 무너지고 가라앉으면 안 되는 것
들이 가라앉았다
꿈속의 얼굴들은 반죽처럼 흘러내렸다
덜 지운 낙서처럼 흐릿하고 지저분했다

누군가가 구겨버린 꿈
누군가가 짓밟아버린 꿈

어떤 기억은 심장에 새겨지기도 한다
심장이 뛸 때마다 혈관을 타고 온몸으로 번져간다

나는 무섭고 외로워서 물속에서 울었다
무섭기 때문에 외로웠고
외롭기 때문에 무서웠다
고양이가 앞발로 욕실 문을 긁고 있다

다시 전기가 들어오고 불이 켜진다
물방울을 매달고 있는 흐린 천장이 눈에 들어오고

어둠과 빛 사이에서 김이 모락모락 피어오른다
서로를 조금씩 잃어가면서
서로를 조금씩 빼앗으면서

납덩이가 된 심장이 온몸을 내리누른다

검은 고양이

방문을 열어둔 채로 침대에 눕는다

너는 잠시 내 곁에 머물다가 멀어진다
물속을 걷듯 소리가 없다
충격과 소리를 흡수하는 말랑말랑한 발바닥

물속에서 걷는 것에 대해 생각한다
물고기가 물에 떠 있는 것은 우리가 걷는 것에 가까울까
가만히 서 있는 것에 가까울까

내가 출근할 때나 퇴근할 때나 너는 창가에 앉아 바깥을
바라보고 있다
사막에 불시착한 비행기 조종사처럼

걸어다니는 안개
새장 안의 물고기
한자리에서 끊임없이 돌고 있는 무희

내 흐린 손을 내밀면

너는 무심하게 가만히 몸을 맡긴다
호박(琥珀)처럼 단단한 눈동자
밀폐된 너의 시선 속에 나는 없다

어두운 밤 방문을 닫고 침대에 누우면 너는 앞발로 문을
긁는다
맹렬하고 간절하게

열쇠가 없어서 계단에 앉아 밤을 새운 적 있다
닫힌 문을 열어줄 사람도 없는데
내 어깨를 두드려줄 누군가를 기다리면서

네가 떠나고 나는 다시 방문을 닫고 잔다
다 쓴 칠판을 지우듯
너로 가득했던 머릿속이 점점 다른 것들로 채워진다

안개 속의 종소리처럼
높낮이가 없는 울음소리가 좁은 방 안에 가득하다
발목만 남아 있는 침묵이 하얗게 번진다

봄눈처럼 희미하게 흩날린다

꿈의 문을 열고 나올 때마다 나는 발을 헛디디고
네가 있던 자리에 빛이 쌓여 있다

역류

물고기를 닮은 식당 주인의 손은 미끈거리고 축축했다

넌 표정만 봐도 다 알아
피부 위에 감정이 흐르는 사람
전류처럼 지나가는 저것

감정이 표정 속에 은근히 떠오를 때
더운 증기를 씌운 물수건이 얼굴에 덮여오는 것을 느낀다

하나의 빗방울에 대해 생각한다
처음 돋아날 땐 물고기알 같은 물방울이었다가
고무줄처럼 늘어진 선이 되었다가
툭툭 끊기는 면발 같은 선이었다가
마지막엔 다시 물방울이 되어 으깨지는

빽빽한 빗줄기 너머로 외눈박이 거인의 동공이 얼비친다

상대적으로 차갑기 때문에 더 어두워 보이는 것
상대적으로 어둡기 때문에 더 차가워 보이는 것

발끝에 소름이 고인다

색이 짙다는 것은 색의 입자들이 촘촘하게 모여 있다는 것
어떤 빈틈도 없이 완벽하게 색을 채울 수는 없다
풍선에 바람을 불어 넣으면 색이 옅어진다
사색이 되어가는 것들
금방이라도 터져버릴 것 같은 핏기 없는 얼굴

몸을 한껏 웅크리면 척추가 살을 뚫고 튀어나올 것 같다

한껏 뒤틀면 우두둑 실밥이 터지는 인형처럼
마음을 한껏 웅크리면 숨겨진 가시들이 튀어나올 것 같다

목구멍 속에 빗방울 하나가 매달려 있다
글썽거리며 느린 피가 얼굴로 번져간다

침묵의 미로

통화 중에 금방 전화할게, 하고 전화를 끊은 네가
다시 전화를 하지 않는다
나는 전화기 옆에서 서성대다가
열없이 창밖을 바라보다가
책상 모서리를 손끝으로 따라가다가
다시 전화기를 본다
검은 액정 화면은 미동도 하지 않는다

나는 약속이 있고 시간을 어기지 않기 위해 이제는 씻어
야 하지만 전화가
　　오지 않는다 양치질하는 동안에도 전화가 오지
　　않는다 입가에 치약 거품을 묻힌 채 전화기에서 눈을
　　떼지 못한다

　　샤워기를 틀기까지 또 몇 초간 기다린다
　　미지근한 기다림이 계속된다
　　수도꼭지를 돌리니 샤워기에서 물줄기가 떨어지고
　　비누칠을 하기까지 몇 분간 나는 덩그러니 욕조에 서 있
었다

교통사고라도 난 걸까
노트북에 커피라도 쏟은 걸까
행인에게 갑작스럽게 폭행을 당한 건 아닐까
피가 흥건한 단도가 햇빛 가득한 보도 위에 반짝이고 있다

샤워를 마치고 젖은 몸으로 욕실화를 신은 순간
다시 전화가 온다
미끄러운 손가락으로 간신히 전화기를 부여잡는다
무슨 일이야? 큰일이라도 난 거야?

아니야, 그냥 전화했어.
담장에 장미가 많이 피었어.

거울 속에 눈물이 가득 차 쏟아질 것 같다
붉게 달아오른 피가 온몸에 장미 문신을 그려놓는다
빠져나가지 못한 그을음이 목구멍을 가득 메운다

손안의 새

햇살이 먼지 낀 창을 통과해 내려온다
먼지 한 올 묻지 않은 흰 빛이다

흐린 창 너머 멀리, 식은 구름이 흐르고 있다

나는 빛기둥 안으로 걸어 들어간다
마룻바닥에는 빛의 수조가 있다
그 속에 발을 넣으니 발등이 따뜻하게 데워진다

두 손바닥을 펼쳐 빛기둥 안에 넣는다
새 한 마리가 손바닥 위에 앉아 있다

새는 날개를 접고 최대한 편안하게 쉬고 있다
사과씨 같은 눈알은 미동도 하지 않고
영원히 떠나지 않을 것처럼 부리로 깃을 다듬는다

나는 두 손바닥을 모아 새를 조심스럽게 그러쥔다
새의 심장 박동이 내 혈관을 타고 흐른다
손가락 틈으로 새를 바라본다

새가 조금씩 날개를 퍼덕거린다
발톱으로 손바닥을 꽉 찍어 누른다
손바닥을 힘주어 포갰다가 펼치니
새는 없다
바닥에는 피투성이 깃털들이 흩어져 있다

나는 헐벗은 나무처럼 오래 서 있었다
식은 발등에서
검은 그림자가 피어올라 주위를 덮기 시작했다
그을린 창문만 남았다

그을린 밤

표면이 거친 종이에 펜촉으로 그은 선처럼
번개가 어두운 하늘에 뿌리를 내린다
지상까지 닿지 못하는
실패한 직선들
어둠의 부정교합
쏟아놓은 내장 같은 먹장구름들

살아 있는 나무에 죽은 잎이 매달려 있다
옅은 갈색의 말라비틀어진 잎들
썩기 전에 짙어지는 것들

안압이 팽창한다
노란 알약 같은 가로등
탁한 분진들이 넘실대고 있다

유리창 속에 일그러진 구름이 있다
핏속을 돌던 가시가 살을 뚫고 나올 것 같다

굴뚝에서 매캐한 연기가 피어오른다

근육질의 구름이다
굴뚝의 목을 두 손으로 조르고 싶다

또 비가 온다
흐린 꿈속처럼
처음에 한두 방울 내리다가 느닷없이 쏟아지는 비

모든 시작은 흐릿하고
마지막 결정은 분명하다

곧은 직선으로 올라가던 담배 연기가
구불텅 휘어지면서 흩어질 때
울음의 거미줄이 얼굴에 내려앉는다

발성기관이 없는 물고기처럼 입만 뻐끔거리며 우는 사람
밤의 수문이 열리고 어둠이 쏟아져 들어오면

복잡한 사람

나는 오늘 무거운 구름,
어디에 쏟아져야 할지 모르는

남들 다 일하는 시간에 우리는 좁은 주방에서 술을 마셨다
대화가 끊길 때마다
그는 세간이 채 정리되지 않은 방들을 둘러보곤 했다
편의점에서 사 온 안줏거리들이
좁은 창으로 들어온 햇살을 받고 있다

나는 보기보다 견딜 만해요,라고 말했고
그는 웃었다
웃다가,

그의 얼굴로 갑자기 피가 몰리더니 그는 깨진 거울처럼
울었다 바닥에 흩어진
  거울의 파편 속에 조각난 내 눈동자를 찾으려고 고개를
숙였다
  그는 미안해,라고 말했고
  나는 내가 더 미안해요,라고 말했다

미안한 사람과 더 미안한 사람

수천 개의 동전을 쏟아붓듯 매미들이 운다
탄피처럼 사방으로 튕겨나가는 울음들
형량을 넘긴 죄수들의 탈옥

이 집에 웃으면서 들어왔던 그가
다시 웃으면서 집을 나선다
나가면서 내 등짝을 때렸다
심장이 앞뒤로 흔들렸다

낯선 전봇대와
일방통행로
그리고 급하게 나오느라 짝이 맞지 않은 슬리퍼

그는 선글라스를 멋지게 걸치고
뒤돌아서서 손을 흔들었다
따라가던 나를 그는 돌려세웠다
그의 그림자를 밟았다

물컹했다

안구에 물이 차서 출렁인다
급하게 걷는 사람의 손에 들린 물컵처럼
가라앉는 잠수함처럼

밀집된 빌라의 공중에 떠 있는 비행운을 향해 빌었다
인간을 증오하지 않게 해달라고
무엇보다 나 자신을
다시 인간을 사랑하게 해달라고
나 아닌 누군가를

새카맣게 탄 혀를 툭, 뱉어낸다
헛도는 문손잡이처럼 나는 웃었다

검은 산책[*]

여기에 들어가면 안 됩니다.

금지 표지판과 짙은 안개를 뚫고
이제는 꺼져버린 양초를 들고 거리를 나섭니다.

우리는 가시철조망과 불에 탄 나무들이 둘러싼 구멍 주위
에 모여 있습니다.
검은 호수 같은 구멍에는 달이 뜨고 별이 반짝입니다.
하늘에는 이리저리 흩어져 있는 검은 새들.
지상에는 기울어진 나무들.
멀리 바벨탑이 희미하게 서 있는 곳으로부터 우리는 너무
멀리 왔습니다.
우리가 있는 곳은 구멍 안입니까, 바깥입니까.

가슴에 구멍이 뚫린 사람들이 걸어옵니다.

달도 별도 없는 공중을 바라보며
우리는 불붙은 뗏목을 타고 떠내려가고 있습니다.

흘러내리는 촛농처럼 졸음이 쏟아집니다.
긴 뿔을 단 사슴이 뾰족한 풀을 뜯고 있고
새들은 날개를 몸에 붙이고 바닥에 뒹굴고 있습니다.

자, 이제 밧줄을 내려요.
잘린 손목들을 이어 붙여요.
저기 저 흐린 빛이 흘러나오는 구멍 속으로,
모든 것이 빨려 들어가는 음화 속으로,
모든 것을 뱉어내는 양화 속으로.

여기로 오세요,
검은 산책은 이제부터 시작이에요.

* 박미라·김한나의 미술 전시 '색칠놀이(Chromaticity)'에 부쳐.

제 2 부

빛의 허물

빛 속에서 눈을 감고 있으면 영원히 멈추지 않는 회전문에 갇혀 있는 느낌

네가 해를 등지고 있을 때
너는 찡그린 얼굴로 나를 바라보았다
신 과일을 한입 베어 문 것처럼
영점을 맞추는 사수처럼
한쪽 눈이 찌르르 감겼다

진갈색 마룻바닥에 흥건하게 고인 빛
끈적끈적한 그림자

우리가 서로를 안을 때 네 심장은 내 심장보다 조금 아래에서 뛴다
같은 높이에서 뛰기 위해 네가 발뒤꿈치를 살짝 들어올릴 때

윗니를 손끝으로 톡톡 두드린다

꿈에도 모르는 일

물속에서 물고기들은 눈을 뜨고 있습니다
닫을 눈꺼풀이 없어서
무서워도 눈을 감지 못하는 것들이 있습니다

실명(失明)은 빛을 잃는 것

우리가 꿈속에서 함께 지었던 집들이 하나둘 무너져 내
리고
희미한 이름들이 컨베이어 벨트 위에 실려 간다

봉인된 기억들이 물거품이 되어 사라지고
한번 떠나면 영원히 돌아오지 않는 빛처럼
방심(放心)하면 마음은 돌아오지 않는다

귓속으로 들어간 말을 바람이 씻어낸다
깨진 병은 어떤 물도 담을 수 없다

창으로 들어온 햇살에 먼지들이 살아 움직인다
창틀 위 유리컵에 담긴 구름
기포를 뿜으며 가라앉는다

다른 나라에서

호텔 지배인이 이십 년 만에 눈이 내렸다고 했다
태어나서 처음으로 눈을 본 사람도 있다고 했다
당신들은 축복받은 사람들이라며 웃었다
우리는 겨울에 눈을 지겹도록 본다고 했다

해변에 닿기 위해서는 어둡고 긴 터널을 지나야 했다
터널을 지나자 눈은 금세 비로 바뀌었다

두 손바닥에 담긴 물처럼 바다가 거기 있었다
비가 내리는데도 바다는 흘러넘치지 않았다

물새 두 마리가 바다 위에 떠 있었다
날개를 접고 파도에 몸을 맡기고 있었다
내란을 기획하는 밀서에 찍힌 인장처럼 미동도 없이

서로 마주 보다가 등을 돌리기도 했다
생각의 알을 품고
누가 먼저 날아갈지 내기라도 하는 것 같았다
눈 감으면 어디나 고향이었다

눈을 수평선처럼 가늘게 뜨면 모든 것이 신비로웠다

수평선에서부터 앉은걸음으로 다가오던 파도
해변에 이르러 무릎을 꿇으며 새하얀 레이스를 펼친다

우리가 무릎 꿇은 자리마다 그림자는 검은 울음을 남겼다
해마다 늘어가는
몸의 구멍들을 담아내지 못하는 그림자는 흐려지기만 한다

젖지 않는 그림자를 앞에 두고 바다는
물거품이 된 그물을 천천히 거두어들인다

우리는 우산을 나눠 쓰고 등을 맞대고 울었다
나는 바다를 보고 너는 육지를 보고 있었다

눈 뜨면 누구나 이방인이었다
우리에게는 더이상 어떤 것도 신비롭지 않았고
금방이라도 흘러넘칠 것 같았다

편지가 든 병이 해변 쪽으로 계속 밀려왔다
한 번도 보지 못한 외국어로 쓴 편지가

해변의 눈사람

여기는 지도가 끝나는 곳 같다

나는 생각을 멈출 수 없습니다
내가 인간이 아니라는 생각을

생각을 멈추어도 나는 사라지지 않습니다

인간이 아닌 것이 인간이 되려고 한다
인간이 아니기 때문에 인간이 되려고 한다

눈사람은 녹았다 얼어붙었다 하는 사람
더이상 녹지 않을 때까지 타오르는 사람
더이상 얼어붙지 않을 때까지 흐르는 사람

두 사람의 발자국이 모였다가 갈라지는 지점에서
우리는 어떤 표정으로 서로를 바라보았을까

마음으로 와서 몸으로 나가는 것들
몸으로 와서 마음에 갇힌 것들

굳은 마음
손을 대면 손자국이 남을 것 같은

우리는 여권을 잃어버린 여행자처럼 고개를 숙이고 있었다
서로의 발끝만 내려다보면서

손바닥을 펴서 네 심장에 갖다 댈 때
눈 속의 지진
지진계처럼 떨리는 속눈썹

나는 그림자를 최대한 줄이기 위해 몸을 웅크린다

눈사람의 혈관에는 얼어붙은 피가 고여 있다
모래 알갱이가 덕지덕지 붙은 몸으로
거센 바람에 휘청거리고 있다

날짜변경선

구름 위에는 비가 내리지 않는다

지상에 내리기 위해 비행기는 성층권으로 진입하고
불안정한 대기에 기체가 요동을 친다

동그란 유리창에는 빗방울이 맺히고
간간이 천둥번개가 친다

비행기는 검은 해협을 가로지르는 고래처럼
묵묵히 앞으로 나아간다
좌우로 뒤뚱거리면서

내가 비행기를 타기 전 당신에게 쏟아부은 악담을 다 용
서해줄 수 있겠어?

할 수만 있다면 비행기 밖으로 발을 뻗어 달리고 싶었다

안전벨트를 풀 용기도 없이
승무원의 의연한 얼굴을 바라보았다

지상에 가까워질수록 무거워진 공기가 긴 침(針)이 되어 귓속을 찌른다
　나는 손가락으로 귀를 막고 침을 삼킨다

　언제쯤이면 나를, 내 삶을 덜 증오하게 될까
　나이가 들수록 증오는 더 거세게 타오른다
　증오의 정점에서 나는 나를 밀어버릴 수 있을까

　장대높이뛰기 선수가 바를 넘는 순간 허공의 정점에서 잠시 멈춰 떠 있는 것처럼
　우리는 먹구름 속에서 오늘과 내일 사이에 있었다

　밤은 여전히 가시를 곧추세우고 으르렁거리고 있다

얇은 비닐 막을 뚫고 가는 무딘 손가락처럼

갑자기 사위가 어둑해진다
구름의 뒤꿈치가 갈라지고
먹줄 같은 빗줄기가 내려온다
유리창을 타고 흘러내리는 빗물
풍경을 일그러뜨린다
우산을 꼭 움켜쥔 사람들
우산 속에 가려진 얼굴들
손으로 머리를 가리고 지그재그로 뛰어가는 사람들
가로수들이 머리를 풀어헤치고 제 뿌리를 뽑으려 몸부림
친다

비를 맞으면 이상하게도 고개가 앞으로 숙여진다
눈썹에 걸려 있는 물방울들
유리창에 붙은 검은 플라타너스 이파리
바람을 맞으며 떨고 있다
숨이 가쁜 듯 파닥거린다
갑작스러운 비를 피하기 위해 사람들이 등을 돌린 채
커피숍을 에워싼다 유리창이
식은땀을 흘린다

일본의 우키요에에 나오는 우산은 평평하다
우산은 언제부터 방추형으로 만들어졌을까
공기의 저항을 최대한으로 줄이면서
최소한의 비를 맞기 위해
아래로 굴곡진 우산 위로 빗방울이 흘러내린다
하나하나 미끄럼을 탄다

새 한 마리가 빗속을 뚫고 날아간다
투두둑
얇은 비닐 막을 뚫고 가는 무딘 손가락처럼

아주 연약한 거미줄에도 물방울은 맺힌다

약음기

밤이 깊을수록 맞은편 섬의 윤곽이 뚜렷해진다
구겨진 모자 같은
엎드린 수도승 같은

탁한 물이 섬과 섬 사이를 느리게 금슬거리고 있다
멀리 섬과 섬을 잇는 다리의 불빛은 한밤중에도 꺼지지
않는다
물에 비친 불빛이 막대 형광등처럼 물 아래로 길게 뻗어
내린다
물은 화상을 입지 않는다

물새 우는 소리가 요란하다가 밤이 깊을수록 잦아든다

우리는 하나의 담요를 두르고 서서 물소리를 들었다
서로의 어깨를 손바닥으로 비비며

사람들이 물가에 쌓아놓은 돌탑을 본다
맨 아래에 놓인 넓적한 돌
위로 올라갈수록 작아지는 돌들

평평한 것 위에 위태로워지는 마음들이 쌓여 있다

나는 하얗게 될 때까지 말했다
오래 구를수록 맨들맨들해지는 타이어처럼

마음에도 없는 말
몸에도 없는 말

가라앉히려 해도 끝내 가라앉지 않는 것이 있다
물속에 밀어 넣어도 한사코 튀어나오는 풍선처럼

재투성이가 된 발바닥을 털고 우리는 실내로 들어왔다
서로의 어깨를 손바닥으로 비비며

체온이 회복되면서 귀가 달아오른다

무중력의 꿈

여기는 기압이 낮아서 모든 것이 부푼다
꿈속의 사람들은 목소리가 없다

꿈속에서 우리는 귀가 멉니다
입술 모양만 보아도 말이 들립니다
눈을 가리는 두 개의 손바닥

혓바닥 같은 구름이 하늘을 핥으면서 흘러간다

우리는 입을 벌리고 폭죽이 터지는 것을 바라보았다
가장 높은 곳에 다다라야 자기의 내부를 드러내는 것들
오직 터지기 위해 타오르는 것들이 있다
추락하기 직전에 가장 밝은 빛을 내는 것들이 있다

너의 얼굴 위로 반짝이는 빛의 부스러기들
눈동자에 맺히는 색색의 코스모스들

뜨거운 백사장을 맨발로 걷는 것처럼 다리 위의 차들은
느리게 움직인다

우리는 입을 다물고 같은 노래를 흥얼거린다
목울대 근처에서 진동한 소리가 입술에 막혀 나가지 못
한다
코스모스 꽃잎에 갇힌 벌처럼 잉잉댄다
입안에 진동이 퍼지다 사라진다

분화구 같은 배꼽에 가만히 숨을 불어 넣으면
더듬더듬 얼음이 되어가는 호수
돌멩이처럼 속수무책으로 날아가는 새들

얇아진 마음
평평한 꿈
가시 돋친 몸

꿈의 족쇄가 풀리지 않는다

공중그네

공중그네는 언제나 서커스의 대미를 장식하지
탐조등이 어지럽게 천장을 휘젓다가
두 사람의 얼굴이 무대 양쪽의 동그란 빛 속에 떠오르지

눈부시게 웃던 두 사람이 입을 굳게 다물고
공중그네의 막대기를 잡고 허공으로 뛰어내리지

두 개의 그네가 만날 수 없는 시계추처럼 엇갈린다
멀어지고 가까워지다가
아슬아슬하게 손이 맞닿을 거리까지 왔을 때
원래의 도약대로 돌아가서 숨을 한번 고른다

안도와 원망과 격려가 뒤섞인 환호성이 울려 퍼진다

다시 공중에 몸을 맡긴 두 사람이
서로 가장 가까운 거리에 이를 때 점프!

원심력을 반동 삼아 힘껏 뛰어올라
한껏 손을 펼쳐야만 간신히 닿는 거리

모든 소리가 진공 속으로 빨려드는 시간

새는 날아오르기 전 발톱으로 가장 세게 나뭇가지를 움켜
쥐었다가 놓아버리지
텅 빈 그네가 그리는 느긋해진 곡선

너는 내 심장 위에 손바닥을 대고 밀었다
손끝이 가까스로 나의 몸에서 떨어질 때
나는 꿈 바깥으로 튕겨나왔다
안에서 떠난 사람과 바깥에서 남은 사람

두 개의 도끼날이 아슬아슬하게
스쳐간 순간이 있었다

납작한 파동*

나는 무지개예요,
하나의 색이 언제나 모자란.

잔디밭 바다 하늘 숲
그리고 노을 태양
그 모든 일렁임이 무지개를 만들어요.

치유될 수 없는 삶이
온도가 다른 목소리들이
농도가 다른 색들이
카멜레온처럼 두근거려요.
멍든 색들이 얼룩이 되어 지워지지 않아요.

이 어긋난 합창이 들리나요?

나는 물결이에요,
날카로운 칼을 품은.

짙푸른 바다에 떠 있는 산호섬처럼 나는 흔들려요.

조각난 문서들
덧댐과 고침의 기록들
덧칠되어 글자를 알아보기 힘든 약속들
활자가 가득한 종이를 구겨서 물에 집어넣었다가 건져내면
잿빛 물이 주르륵 흘러내리고

물결물결물결

빛을 받은 연두와 빛을 삼킨 진초록
잎의 앞면과 뒷면처럼 나는 팔랑거려요.

물결물결

발목을 스쳐가는 가장 낮은 바람
어지럽게 찍혀 있는 발자국들.

이 납작한 파동이 느껴지나요?

* 박미라·김한나의 미술 전시 '색칠놀이(Chromaticity)'에 부쳐.

11월

같은 숫자가 나란히 서 있다

햇살이 유리창을 뚫고 사선으로 비친다
너의 왼뺨에 난 솜털이 하늘거리고
오른뺨은 그늘로 선명해진다
나는 조금 더 햇볕 쪽으로 다가앉는다

첫눈 오면 뭐 할 거야.

그것이 사랑의 속삭임인지 이별의 선언인지 헷갈려서 심
장이 아래로 한 치쯤 내려앉는다
　몸속의 저울추가 무거워진다
　파동처럼 흐르던 마음이 입자가 되어 흩어진다

　실내엔 아지랑이처럼 음악이 피어오른다
　고요하던 실내에 음악이 켜지면 실내는 그만큼 무거워질까
　소리에도 무게가 있을까
　흘러간 시간들은 어디에 쌓이는 걸까

그거 알아? 열대지방에도 단풍이 든대. 건기 때 낙엽이 지는데 추위 때문이 아니라 공기가 건조해져서래.

나무는 몸 안에 깃든 물을 가두기 위해 나뭇잎을 떨어뜨린다
두 그루 나무 사이에 낀 태양
나뭇가지들이 만든 가시 족쇄

버림받은 빛
컵을 놓친 손바닥의 새하얀 현기증
손에서 연기가 피어오른다

먼 미래에 우리는 서로를 알아보지 못할 것이다
거울 속에 들어 있는 환영을 손바닥으로 만져보듯이

거울 속으로 무섭게 달려드는 눈동자들
입술이 지워진 얼굴들

칼끝이 뾰족한 것은 무언가 찌를 것이 있기 때문이다

뭉툭한 마음은 찌를 곳도 없이 무너진다

너의 입술에 나비가 앉아 있다
잡으려고 손을 뻗자 사라지는

갈변한 마음들을 하나씩 털어낸다
나는 텅 빈 나무처럼 고개를 숙여 바닥을 본다

털실로 만든 새는 노래하지 않는다

불투명한 영원

손바닥을 종이에 대고 펜으로 손의 윤곽을 따라 그린다
손목 위쪽은 닫히지 않는다

바닥에 찍힌 십자가 그림자
우리는 수수께끼 앞에 서 있다

해변으로 밀려오는 손목들
불붉은 커튼

하늘은 주먹으로 두드려 맞은 것처럼 울퉁불퉁하고
나무들은 게으르게 흔들린다
흔들리지 않는 슬픔

물속에 손을 넣으려고 하면
손을 잡기 위해 떠오르는 손이 하나 보인다

시계에 물이 찼다
기도가 끝났다

제 3 부

슬픔의 바깥

하루살이

밤길을 달려 시골집에 갔다 통영대전 고속도로에서 무주
IC로 빠져 빼재를 넘어오는 동안 마주 오는 차가 한 대도 없
었다 헤드라이트 불빛 앞으로 하루살이들만 어지럽게 명멸
했다 시골집에 도착하니 식구들은 모두 잠들어 집 안은 괴
괴했다 달이 헤드라이트를 켜고 시골집 마당으로 달려오고
있었다 달빛을 밟으니 발밑에서 뽀드득 소리가 났다, 눈밭
을 걷는 것처럼

다음 날 오전 어머니와 면 소재지에 있는 농협에 갔다 앞
유리에 눌어붙은 하루살이의 시체들을 와이퍼로 닦아냈다
나와 동생의 결혼식 때문에 사과밭을 담보로 잡고 낸 농협
빚과 인삼조합, 원예조합 등에 흩어져 있던 빚들을 지워나
갔다 지난해 빌려 쓴 농약과 농자재 대금까지 치르고 나니
통장이 가벼워졌다 어머니는 그 많은 숫자들이 영으로 바뀐
것을 몇 번이고 확인했다

포근한 봄 햇살로 더워진 공기를 식히기 위해 차창을 내
렸다 어머니가 왼손가락에 침을 묻혀 오른쪽 손등을 문질렀
다 야야, 이것 봐래이 손등에 점이 난 것맬로 닦아도 닦아도

안 지워지는 기라 월면처럼 우둘투둘한 손등에 검버섯이 몇 개 피어 있었다 눈앞에 하루살이가 날아다니는 것처럼 어지러웠다 햇살이 내 가슴을 꾹꾹 밟는 것처럼 따가웠다

만종

외할아버지는 헛간에서 목을 맸다
외할머니가 돌아가신 지 사십 년이 지난 후였다
큰 키 때문에 그는 헛간 시렁에 줄을 매고
앉아서 혁대로 목을 맸다

외갓집 마루 벽에 걸려 있던 밀레의「만종」
멀리서 종소리가 울리면 농기구를 천천히 내려놓고
부부는 무엇을 빌었을까
자신들보다 먼저 땅으로 돌아간 자의 영혼이 평안히 쉬
기를?
곁에 있는 사람이 자신보다 먼저 죽지 않기를?

화분 속의 물이 줄어들었다
꽃은 다 시들어 물을 빨아들이지 못한다
무언가 희미해지고 있다
희미한 슬픔을 문지르면 하얀 것이 묻어나왔다

지상의 불빛들이 구름을 잠 못 들게 한다
공중에 뜬 흰 돌칼,

목에 그으면

새하얀 피가 뿜어져 나올 것 같다

병원 정문에서

병원 정문 앞 과일 노점상
붉은 사과가 차곡차곡 쌓여 있다

아담과 이브의 타락
치욕의 공동체
누구나 태어나고 늙고 병들고 죽는다
늙음은 몸이 구부러지고 작아진다는 것이다

누군가에게 병원은 절망의 늪이고 누군가에게는 갱생의
회랑이다

겨울 햇살을 온몸으로 받으며 들어간 사람들
자신의 그림자를 보며 걸어나온다
언제부터 절망은 희망보다 더 깊고 짙어졌는가
불안과 원망은 왜 한통속인가

입안이 헐었다
음식에 손이 가지 않았다
당신이 그렇게 뜨겁고 쓰렸던 것도 다 내 안이 헐었기 때

문이다
  하늘이 헐었다
  구름이 따갑다
  나보다 내 그림자가 먼저 바닥에 널브러져 있다

  노점상 앞 걸인은 여전히 엎드려 두 손을 모으고 있다
  햇살 한 줌이 고여 환하다

  성자처럼 일어나 내 손을 움켜쥘까봐
  저 한 줌의 구원을 내 이마에 들이부을까봐

  주머니를 뒤져 동전 한 움큼을 그의 손바닥에 쥐여준다
  그는 온몸을 부르르, 떤다

슬픔의 바깥

라훌라

273번 버스는 서울의 북동쪽 끝과 남서쪽을 가로지른다. 종점이 멀지 않은 우리 집 앞에서 버스를 탔다. 버스는 중랑천을 지나 외대 앞을 향해 가고 있었다. 바깥에는 뜨거운 햇볕이 쏟아지고 냉기가 제대로 돌지 않는 버스 안은 후덥지근했다. 맨 뒷좌석에 앉아 있던 나는 1호선으로 갈아타기 위해 외대 앞에서 내리려고 일어섰다. 버스 중간쯤에 앉아 있던 여자도 급하게 일어섰다. 그녀는 위아래 보랏빛 여름 등산복을 입고 있었다. 앞좌석 손잡이를 잡고 일어서려다 빈자리에 앉기 위해 다가온 승객과 몸이 부딪쳤다. 승객의 얼굴이 잠시 찌푸려지고 그는 무심한 뒤통수를 보인 채 창밖을 바라보았다. 버스의 진동에 몸이 비틀대는데도 그녀는 뒷문 쪽의 기둥을 오른손으로만 꽉 부여잡고 있었다. 그녀의 왼팔은 직각으로 구부러져 단단하게 옆구리에 붙어 있다. 옆에서 보니 입이 미세하게 왼쪽으로 뒤틀려 있었다. 나는 그녀와 눈이 마주치지 않기 위해 살짝 고개를 돌렸다. 흰 티셔츠와 군청색 반바지를 입은 키 큰 남자가 뒷문 앞에서 멀거니 버스노선도를 보고 서 있었다. 정류장에 도착한 뒤 버스 뒷문이 열렸다. 남자가 내리고 여자가 내리고 내가 내렸다. 여자는 왼다리도 불편한지 발이 살짝 끌린다. 여자는 펴지지 않는 왼손을 옆구리에 붙이고 빠르게 인도에 올라섰다. 남자는 그 뒤를 귀찮은 듯 따라가다가 한마디 했다. 엄마, 왜 그렇게 빨리 가? 좀 천천히 가요. 여자는 대답도 하지 않고 지붕이 맞닿아 그늘진 골목으로 들어섰다. 남자도 더 이상 말하지 않고 그녀의 뒤를 따라갔다.

그날의 구두는 누구의 것이었을까

면도를 할 때마다 깎여나가는 감정들이 있다
나는 거울을 보며 턱을 쓰다듬는다
입술이 시리다
부드러운 계절은 갔다

지하에 있는 장례식장
빛과 함께 열기가 흘러나온다
형광등 빛이 면사포처럼 내려와 사람들의 얼굴을 노랗게
물들인다
벽에 비친 그림자들이 흐리게 일렁인다

몇은 낙엽처럼 웃고
몇은 메마른 가지처럼 몸을 떤다

웃음과 울음이 섞인 얼굴로 우리는 이야기를 하고 술잔을
건넨다
마주 앉은 사람의 표정에서 나의 표정을 떠올린다
가끔은 갈라진 목소리를 가다듬느라
입을 다문다

말은 얇은 막이 되어 우리 사이를 가르고 있었다
고개를 숙이자 머리카락이 흘러내려 얼굴을 가린다

신발을 바꿔 신고 간 사람은 있는데 신발 주인은 나오지
않는다
그는 실내화를 자기 신발이라고 착각하고 택시 안에서 그
사실을 불현듯 깨달을지도 모른다

구두 속에는 이상한 공기가 흐른다
발을 밀어 넣을 때 삐져나오는 음모들

낙엽이 구른다
가벼운 낙엽이다
무거운 낙엽은 바닥에 붙어 있다
물기를 머금은 채 바닥에 납작하게 붙어 있다

장례식장 앞 교회의 첨탑이 먹구름을 찌르고 있다
조금만 구름이 가라앉으면 먹물이 주르륵 쏟아질 것 같다

불 꺼진 약국 앞에 서 있었다
세상에는 저렇게 많은 약이 있지만
그만큼 많은 병이 지금도 계속 생겨나고 있을 것이다

집으로 돌아오는 내내 발끝을 보고 걸었다
거기가 세상의 끝인 것처럼

젖은 신발이 문 앞에 놓여 있다

어디까지 왔나

빨랫감이 밀려 들에 가지 못한 그 여자
읍내 가전제품 가게를 지날 때마다
세탁기를 곁눈질하던 그 여자

국도 변에 있는 슈퍼에 들러
바빠서 못 샀던 외간장이며 설탕, 참기름, 미원을 외상으
로 가져왔다
아이스께끼 하나 내 손에 들려주고

돌아오는 길은 멀었다
축축한 몸을 끌고 비탈진 신작로를 올랐다
아이스께끼도 끈적끈적한 땀을 흘렸다
등 뒤로 손을 내밀어 끌어주었던 그 여자

　　─ 엄마 엄마, 어디까지 왔나.
　　─ 동구까지 왔다.

끝도 없는 어질머리
속이 울렁거리면 등에 업혀

봉지에 남은 단물을 핥아 먹었다
달큼하고 비릿한 파마약 냄새

그 여자와 나의 심장이 걸음을 맞춘다
타박타박
큰 그림자 속 작은 그림자 숨바꼭질한다
그 여자 머리 위로 두 팔을 뻗으면
엄마는 외계인
엄마는 귀뚜라미
엄마는 두 팔 치켜든 사마귀
그 여자가 나를 잡아먹지나 않을까
그 여자가 나를 버리고 도망가지는 않을까
목을 꽉 끌어안았다

──엄마 엄마, 어디까지 왔나.
──동구까지 왔다.

그 여자는 점점 외계인이 되어가고
멀고 먼 동구,

검은 동굴처럼 아가리를 벌리고 있는

—엄마 엄마, 어디까지 왔나.
—동구까지 왔다.

슬픔의 바깥
낮달

보라색 보자기를 든 여인이 사거리에 서 있다 꼼꼼히 싸맨 보자기 안에는 쟁반에 담긴 커피포트와 찻잔 두 개가 있을 것이다 보자기 매듭이 토끼 귀처럼 쫑긋 솟아 있다 그녀는 고개를 살짝 숙이고 있다 정면을 바라보는 것도 바닥을 바라보는 것도 아니었다 자신을 생각하는 것인지 자신을 힐끔거리며 지나치는 행인들을 생각하는 것인지 알 수 없었다 그녀는 흘러내리는 귀밑머리를 가만히 쓸어 올려 귀 뒤로 넘긴다 오래전 소중한 사람을 배웅하고 난 뒤 한참을 돌아서지 못했던 기억을 떠올리고 있는지도 모른다 한쪽 뺨이 파인 낮달이 허공에 떠 있다 그녀 앞 횡단보도가 한없이 펼쳐진 계단처럼 누워 있다 멀리서 불법 유턴을 하고 쏜살같이 달려온 파란색 소형 승합차가 멈춘다 그녀는 그제야 고개를 들고 차에 올라탄다 그녀가 떠나고 다방 안 낡은 어항 속의 금붕어는 숨이 가쁜지 수면 밖으로 입을 내밀고 있다 흐린 유리창에 붙은, 다방 이름과 전화번호가 적힌 셀로판지의 좌우가 뒤집어져 있다 반쯤 남은 커피는 식었고 가라앉아 있던 프림이 떠올라 달무리가 진다

거미 여인

앞치마를 두른 그녀는
도마 위에 물고기를 올리듯
책을 복사기 위에 놓는다
책날개가 퍼덕거린다
지그시 책을 밀착시키고 동작 버튼을 누른다
복사열에 미세하게 떠는 책장들
세게 누를수록 선명해지는 활자들
누군가의 생각과 땀이 남김없이 복사될 때
그녀는 벽면에 걸린 시계를 본다
그녀의 뒤로 책들이 무더기로 쌓여 있다

복사기에서 새어나온 빛이 복사꽃처럼 흩어진다
검지에 낀 골무는 실수를 하지 않는다
가끔 그녀의 잘린 손가락이 복사되기도 했지만

손바닥에 복사기의 열이 스쳐간다
간지러우면서도 소름 끼치는 뜨거움
종아리에 돋아난 푸른 정맥
거미줄처럼 온몸을 휘감는다

굴렁쇠 굴리는 아이

아이는 자신의 그림자를 보며 굴렁쇠를 굴린다 바람 빠진 바퀴 같은 해가 아이를 따라간다 아이의 얼굴은 붉다

아버지의 술심부름을 잊어버리고 점방 앞의 눈깔사탕을 한참 들여다본다 주머니 속 동전 짤랑거리는 소리

아이는 정자나무에 붙어 있는 온도계를 만지작거린다 온도계를 만질 수 있을 만큼 키가 자랐다

목을 조르듯 온도계 아래쪽을 엄지와 검지로 누르자 붉은 막대기가 조금씩 올라간다 고장난 손목시계

굴렁쇠를 어깨에 걸치고 정자나무에 오른다 신작로에서 피어오르는 아지랑이를 바라본다

썩은 가지 속 둥지에 든 새알을 손에 넣고 천천히 주먹을 쥔다 두근두근 굴렁쇠 굴러가는 소리

주머니에 넣어 온 생쌀을 조금 꺼내 씹는다 아이의 입이

부리처럼 뾰족해진다

　가로등이 켜지자 아이는 그림자의 그물에 걸린다 움직일 때마다 늘어나는 그림자를 노려본다

　폴짝, 가는 목에 걸린 굴렁쇠가 출렁거린다 뒤로 물러섰던 그림자는 금세 아이에게 다시 달라붙는다 악착같이

적막

모내기가 끝난 논

이앙기 지나간 자리에 남은
앙다문 이빨 자국

두 다리가 삐죽 나온 올챙이
창자를 달고 우주인처럼
둥둥 떠 있다

일찍 태어난 게 죄다

바람이 건듯 불자
촤르르 밀려 논두렁에 부딪치는 물낯
넘칠 듯 말 듯 그렁그렁

하늘 속을 유영(遊泳)하는 구름 위에
거꾸로 매달린 소금쟁이
어지러운 듯

손톱으로 꽉, 부여잡고 있다

내 귓속의 저수지

귓속에
저수지 하나가 들어 있다

저수지 위를 떠가는 구름
입술이 파래질 때까지 멱을 감고
둑 위에 매어놓은 어미 소가 송아지를 부른다
논물 보고 돌아오는 아버지의 경운기 소리 들린다

돌팔매 하나가 떨어져도
물수제비 하나가 스쳐도
터져나올 듯
허물어질 듯

깨금발을 뛰어도
귓바퀴를 손바닥으로 때려도
물이 나오지 않으면
뜨거운 다리 난간에 귀를 대고

호박똑딱 귀신아, 내 귀에 물 내라.

호박똑딱 귀신아, 내 귀에 물 내라.
호박똑딱 귀신아, 내 귀에 물 내라.

제 4 부

뜨거운 손

차가운 손이 뜨거운 손을 만진다
손이 부끄럽다

뜨거운 손이 차가운 손을 만지면 더 뜨거워진다
손에 땀이 맺힌다

손을 잡고 걷던 연인이
횡단보도에서 멈춘다
남자가 여자의 이마에 입을 잠깐 맞추고
다시 앞을 보고 걷는다

손과 손이 만나 악수가 되고
바람과 바람이 만나 태풍이 되고
입술과 입술이 만나 말이 되고 사랑이 된다

번개가 치고 어둠이 찢어진다
두 개의 거대한 손이 밤하늘을 종잇장처럼 찢어버린다

손이 멀어지면 몸도 마음도 멀어진다

몸에서 마음이 떠난다
뜨거웠던 입김이 차가워지고
손과 뺨 사이에 타오르던 불꽃
붉어진 뺨만큼 손바닥도 아리다

연고자가 없는 묘비를 쓸고 가는 흐린 손바닥처럼

당신의 볼에 붙은 속눈썹을 조심스럽게 떼어낼 때
감은 눈 틈으로 검은 눈물이 흘러나온다

어항을 깨뜨리다

어항을 옮기다가 놓쳤다
흥건한 방바닥에 나는 오래 주저앉아 있었다

주황색 금붕어가 바닥에서 파닥거린다
맹렬하게
머리와 꼬리로 바닥을 치며 튀어오른다
미끈거리는 그것을 두 손에 담으려고 할수록 헛손질만 계
속할 뿐
좀처럼 손에 들어오지 않는다

간신히 밥그릇 속에 담아 수돗물을 받는다
불투명한 시야 때문인지 물고기는 금세 잠잠해진다

다음 날 아침,
물고기는 수면 위에 떠 있었다
물고기는 죽어서야 수면으로 떠오른다
눈꺼풀이 없는 물고기는 죽어서도 뜬 눈이다

음식물 쓰레기로 버려야 할지 폐기물로 버려야 할지 고민

하다가

  변기에 버린다

  두 손에서 미끄러진 그것이 천천히 물속으로 가라앉는다

  레버를 내리자 소용돌이가 그것을 휩쓸고 간다

  시야에서 영영 사라진다

  투명한 물이 다시 변기를 가득 채운다

인간의 조건

멈춰버린 시곗바늘처럼 나는 서 있다

기침은 하지만 열은 없습니다
열은 있지만 기침은 하지 않습니다
우리는 서로의 체온과 동선을 의심한다

내 곁에 다가오지 마세요
내 앞에서 입을 열지 마세요
눈도 깜빡거리지 마세요

물속에서 숨을 참는 것처럼
입속에서 진동하는 소리들

나약하고 이기적인 인간
나약하기 때문에 이기적인 인간
이기적인 것을 감추려고 나약함을 과시하는 인간

신이 현미경으로 볼 때 인간은
지구라는 거대한 사탕에 붙은 먼지검불 같은 것

아무리 불어도 떨어지지 않는

광활한 우주에서 보면 지구는 격리 시설 같은 곳이겠지
한번 들어오면 다시는 빠져나갈 수 없는

우리는 조만간 망원경으로 눈앞에 있는 서로를 쳐다보아
야 할지도 모른다
손에는 투명 비닐장갑을 끼고 눈먼 사람처럼 서로의 얼굴
을 더듬을 것이다

열이 오르면 구부러지는 바이메탈처럼
열이 식으면 제자리로 돌아갈 수 있을까

우리가 딛고 서 있는 땅이 조금씩 해를 등지기 시작한다
강물 위에 비친 붉은 해기둥
붉은 마스크를 비껴쓴 강물은 말이 없다

악수

꿈속에서
증오하는 인간과 악수를 나누는 자신을 보고
깜짝 놀라 잠에서 깨어나본 적이 있는 사람만큼
고독한 사람은 없다

일어나자마자 손을 씻었다
손이 미끌미끌했다
아무리 씻어도 검은 물이 흘러나왔다
또 꿈속이었다

불편한 사람들과 악수를 하고 나면 손이 딱딱해진다
그 손을 의수(義手)처럼 잠시 빼두고 싶다

슬픔에 빠진 사람에게는 두 손이 먼저 나가고
두 손으로 한 손을 감싼다

처음 두 발로 걷기 시작했을 때
아기는 두 팔을 앞으로 해서 걷는다
무언가를 붙잡기 위해

어딘가에 기대기 위해
언제라도 엎어지기 위해

걸음마를 시작한 아이가 거울로 걸어간다
거울 속의 형상을 손바닥으로 짚어보고
두 손바닥으로 찰싹찰싹 때린다

테러를 앞둔 테러리스트가 동지들과 악수를 나눈다
그는 탁자 끝에 걸쳐진 물컵처럼 흔들린다
악수(惡手)를 두기 직전의 손끝처럼 서로의 눈빛이 떨린다
나쁜 손과 착한 손의 경계에 땀이 맺힌다

악수는 당장은 당신을 죽이지 않겠다는 뜻
악수를 끝내고 돌아설 때 당신의 뒤통수가 서늘하다면
그것은 뒤에 남은 사람이 칼을 꺼내고 있다는 것
악수가 끝나도 한참 동안 돌아서지 않는 것은
당신을 신뢰하지 않는다는 뜻

깍지 낀 손에 머리를 기대고 기도하는 사람은 이 세계에

서 악수할 손을 잃어버린 사람이다

　　머리 뒤로 깍지를 끼고 끌려나온 테러리스트의 눈빛은 허
공을 향하고 있다

　　그들은 같은 신을 꿈꾸었다

　　하늘과 땅의 경계에 노을이 붉은 지문을 찍는다

귀신놀이

이불을 뒤집어쓰면 나는 귀신이 된다
손을 앞으로 내밀고 더듬거리며 이리저리 헤맨다

이불 너머에서 어른거리는 그림자들
나의 숨소리만 내 귀에 울린다
여기저기서 박수 소리와 웃음소리

너희는 손뼉을 치다가 어느새 숨을 멈춘다
기둥 뒤에 숨거나
문지방에 걸터앉거나
책상 아래에 몸을 말고 입으로 손을 가린다
나의 등 뒤에 붙어 침묵의 손을 흔든다

얼음 속에 갇힌 종
물 위에 뜬 흔들리는 불꽃
침목처럼 단단한 침묵

검은 천을 뒤집어씌운 어항에서 물고기들은
단 한 건의 접촉 사고도 일으키지 않는다

꿈속에서 비를 본 적 있니?
꿈속에서 눈을 맞은 적 있어?

이불의 무게에 고개가 아래로 숙여진다
잿빛이 된 입술
이마에서 흘러내린 땀에 눈앞이 흐려지고
내 발끝이 보이지 않는다

나는 붉어진 얼굴로
귀신이 될 다음 친구를 지목한다

단추를 채운 밤
지인에게

새하얀 입술들이 내려온다.
앙상한 나뭇가지에 눈이 내려 덮인다.
우리는 불행을 개척하고 있다.

안아주세요, 형.
헤어질 때 그는 말했다.
나는 그를 안았다.
누가 누구를 안아주는지 모를 정도로
우린 서로를 안고 있었다.

키가 비슷한 우리는 목을 꺾어
나의 왼쪽 뺨과 그의 오른쪽 뺨이 닿지 않게

가슴과 가슴을 맞대고 등을 두 팔로 감싼 채
그렇게 잠시 동안 우리는 서 있었다,
두개의 전신주처럼.

나는 그의 등 뒤로 나의 두 손을 맞잡았다,
흘러가지 않기 위해

흘러내리지 않기 위해.

젖은 발바닥에서 미열이 올라왔다.

그는 너울너울 내 눈동자 위를 걸어갔다,

칼처럼 돋아난 두 팔을 주머니에 찔러 넣고.

폭설처럼 눈이 감긴다.

검은 악보

중부고속도로에서 형체가 너무 뚜렷한 사체를 보았다
고양이인지 개인지 확인할 시간도 없이 지나쳤다

한참이 지나고 나서도 그것이 눈앞에 어른거린다
나는 눈을 질끈 감고 소리를 지른다
아무리 낭만적이거나 과격한 노래를 틀어놓아도
사라지지 않는 경악

가두지 못한 눈물이 쏟아지고
거두지 못한 부은 발은 내 뒤에 남아 있다
구겨진 심장이 펴지지 않는다

상하행선을 가르는 시멘트 분리대 근처에서
넘어갈 수도 돌아갈 수도 없던 그것은
한참을 망설이다 머리를 들이밀었을 것이다
그리고 번개처럼 지나간 둔기에 튕겨져 분리대에 다시 몸
을 부딪치고 쓰러졌을 것이다

생생한 죽음은 싱싱한 주검이 되어갈 것이다

핏물이 번지고 흐르다가 말라붙을 것이다

내가 다시 집으로 돌아올 때는 분리대에 막혀 보이지도

않을 것이다

햇살이 고운 가루가 되어 낙진처럼 가라앉는다

빛에도 무게가 있을까

눈을 감고 얼굴로 쏟아지는 햇빛을 받으면

얇은 천이 한 장씩 덮여오는 느낌

고속도로는 수많은 죽음을 빨아들인 채 곧게 뻗어 있다

불안은 바퀴도 없이 빠르게 지나간다

고속으로 지워지는 것이 있다

붉은 바벨탑

비린 햇살이 창에 부서진다
난간 그림자가 거실 바닥에 길게 늘어진다

느닷없는 초인종 소리에 일어나 현관문 어안(魚眼) 렌즈
에 눈을 갖다 댄다
건너편 굴뚝이 어제보다 조금 더 자랐다

손바닥으로 얼굴을 쓸어내린다
천국의 사람들에게는 손금이 없다

검은 구두가 나를 향해 가지런히 놓여 있다
어제 맞았던 구두가 오늘은 헐겁다

에펠탑에는 사람 머리통만 한 나사가 수없이 박혀 있지

날개를 끊어버리기 위해 석양에 투신하는 새들
날개마저 무거울 때가 있다

난간에 걸터앉은 천사가 까딱거리는 두 발로 오늘을 가볍

게 밀어낸다

　겁에 질린 듯 입을 손으로 가리고

폭우 지난

나는 지은 죄와 지을 죄를 고백했다
너무나 분명한 신에게

빗줄기의 저항 때문에
노면에 흥건한 빗물의 저항 때문에
핸들이 이리저리 꺾인다
지워진 차선 위에서 차는 비틀거리고

빗소리가, 비가 떨어져 부서지는 소리가,
차 안을, 메뚜기떼처럼, 가득 메웠다
내 가슴을 메뚜기들이 뜯어 먹고 있다

빽빽한 눈
비틀거리는 비
폭풍우를 뚫고 가는 나비처럼
바닥에 떨어져 젖은 날개를 퍼덕이는 몸부림처럼

목에 숨이 들어가지 않는다
들어찬 숨이 나오지 않는다

너무나 분명한 신
너무나 많은 숨

이미 울고 있었지만 울고 싶었다
이미 살아 있었지만 살고 싶었다
이미 죽었지만 죽고 싶었다

운전석 천장에 물방울이 맺힌다
추위에 몸이 떨린다

컴컴한 방, 손전등을 입에 물고 두 손으로 비밀 금고의 다
이얼을 돌리는 도둑처럼 앞으로 전진

다 쏟아내야 끝나는 것이 있다
너무나 분명했던 신이 보이지 않는다

엔딩 크레디트도 없이

옥상에 새가 죽어 있었다 정갈하게 날개를 몸에 붙이고 발가락을 오므리고 가만히 누워 있는 그것을 보고 걸음을 멈춘 채 우두커니 서 있었다 안개가 짙은 아침이었다 서울역 너머 멀리 남산타워 꼭대기까지 안개에 잠겨 있었다 흡연실 유리창들에 물방울이 맺혀 있고 상한 우유를 쏟은 개수대처럼 세상은 뿌옇다 새는 안개를 뚫고 가다가 유리창에 머리를 부딪쳤는지도 모른다 새가 기절했을지도 모른다는 생각에 나는 멀리 돌아 흡연실의 다른 쪽 입구로 들어가서 담배를 피웠다 흐려서 잘 보이지도 않는 남산타워를 마냥 쳐다보았다 기압이 낮아서인지 뿌연 담배 연기가 느리게 퍼져갔다 곁눈질로 새가 깨어나기를 바라면서 앉아 있다가 사무실로 내려갔다 한 시간쯤 뒤에 다시 옥상에 올라왔을 때 새는 그 자세 그대로였다 찰나의 고통에도 몸은 오그라든다 몸통보다 큰 날개를 가진 새는 없구나 새의 뼈는 비어 있다는데 그래서 두개골도 약한 것인가 눈이 까만 새였다 미동도 없는 눈이 수박씨처럼 까맸다 청소원 휴게실로 내려가 비닐장갑과 비닐봉지를 빌렸다 아주머니도 나를 따라 옥상으로 왔다 비닐장갑을 끼고 새를 들어 비닐봉지에 넣었다 비닐장갑을 낀 손에도 온기가 전해졌다 아주머니가 안됐다

는 듯 혀를 찼다 화단에 묻어주세요 네, 그럴게요 이 건물 주
변엔 화단이 없는데 나는 왜 그렇게 말했을까 겨울이라 꽃
도 없을 텐데 실이 툭 끊긴 것처럼 삶과 죽음이 나뉘는 순간
에 대해 오래 생각하면서 또 담배를 피웠다 엔딩 크레디트
도 없이 엔딩 음악도 없이

상처와 고통의 연대기

남승원

가라앉은 것들

세계를 자신의 언어로 담기 위해 노력하는 자들을 시인이라고 부른다면 신철규를 어떤 이름으로 부를 수 있을지 결정하기란 쉽지 않다. 우리의 기억 속에서 그의 첫 시집 『지구만큼 슬펐다고 한다』(문학동네 2017)는 두드러진 언어적 감각보다 현실을 있는 그대로 응시하는 모습이 강렬하게 남아 있기 때문이다. 그는 지상에 존재하는 모든 것을 작은 것 하나도 빼놓지 않고 바라보는 불가능한 일에 매달려왔다. 여기서 '바라본다'는 것은 구체적인 행위가 거세된 소극적 태도를 의미하지 않는다. 인간의 언어가 실제 대상과 동떨어진 거리에서 탄생할 수밖에 없다고 할 때, 그의 응시는 바로 그 거리를 소멸시켜나가는 행위로 이해할 수 있다. 이것은 신철규의 시 세계를 이루는 중요한 지점 중의 하나로, 자신의 일에 숙련된 사람들이 그렇듯 그는 바라보는 행위만으로도 대상의 본질에 스며든다. "한참을 울고 체중계에 올라가도 몸무게는 그대로"(「바벨」)인 사람에게서 '영혼의 무게'를, "엎드려서 울고 있"(「눈물의 중력」)는 사람의 등에서 '눈물의 무게'를 파악해내는 것처럼 말이다. 요컨대 신철규는 우리 내면의 가장 밑바닥에 가라앉아 있는 것들의 무게를 계량하는 것이 자신에게 주어진 일이라고 믿는 사람처럼 보인다. 이것이 그저 우연히 시작되었을 리는 없다.

　　구야, 니는 대처로 나가 살아야 한대이, 가서는 총도 잡지 말고 펜대도 굴리지 말고 참꽃맹로 또랑또랑 살거라이, 나서지도 숨지도 말고, 눈을 부릅뜨지도 감지도 말고, 꽃이 피인 기라, 피가 꽃인 기라

　　　　　　　　　　　　　　　—「꽃피네, 꽃이 피네」 부분

첫 시집에서 신철규가 처음 바라보게 된 세계는 "빼재"로 상징되는 자신의 고향 마을 '거창'이다. 할머니가 자신의 이름을 "구야"라고 부르던 곳, 그런 할머니 곁에서 평범하지도 특별하지도 않은 가족사와 비극적인 한국 현대사가 고스란히 겹쳐지는 이야기들을 가만히 전해 듣던 곳. 거기에서 그는 "나서지도 숨지도 말고" 한 송이 "참꽃"처럼 살아가라는, 어쩌면 그가 태어나기 이전부터 시작되었을 당부를 듣

는다. 당신의 손자가 그 어떤 풍화도 겪지 않고 살아갔으면 하는 할머니의 바람에 참꽃은 "길가도 아니고 깊은 산도 아닌" 가장 안전해 보이는 곳에서 피어나기 때문일 것이다. 하지만 "얼라들을 묻은 데"에서 참꽃이 피어난다는 사실 또한 할머니를 통해 알게 되었음은 물론이다. 그러니 현실을 응시하면서 그 밑에 묻혀 있는 슬픔의 뿌리들을 발견해내는 신철규의 시선은 고향에서부터 내리 간직해오게 된 것이다. "똑 어중간한 자리"에 서서 현실과 이면을 동시에 바라보는 것이 가능한 자를 이제 시인이라고 부를 수 있게 되었다면 시인으로서 그의 운명은 "대처로 나가" 살기를 결정하기 이전부터 이미 시작된 셈이다.

경계에 선 기록자

신철규 시인의 두 번째 시집 『심장보다 높이』는 피할 수 없었던 자신의 운명을 좀더 적극적으로 탐색하고 확대해온 기록이다. 첫 시집에 이어서 그는 여전히 자신에게 주어진 자리를 마다하지 않는데, 이번 시집에서는 특히 '경계'에 대한 상상력을 통해서 그것을 드러낸다. 먼저 서커스의 곡예 장면을 보여주는 「공중그네」를 확인해보자. 모든 곡예가 그런 것처럼 '공중그네' 역시 오랜 훈련을 통한 개인적인 능력과 곡예사 간의 긴밀한 호흡이 중요할 것이다. 그러나 관객에게 하나의 볼거리로 전달되기 위한 가장 중요한 요소로 '간격'을 빼놓을 수 없다. 같은 동작이라 하더라도 '높이'가 없다면 충분한 긴장감을 자아낼 수 없을 것이며, 곡예사 간의 "아슬아슬하게 손이 맞닿을 거리" 또한 반드시 필요하다. 이 간격은 관객과 곡예사, 곡예사와 곡예사 사이에 분명한 경계를 만들지만 손으로 만져지는 실체는 아니며, 행위의 움직임에 따라 변모하는 유동성을 지닌다. 따라서 이 경계들은 우리가 어떤 대상을 의미로 받아들이게 되는 단계에서 삭제될 뿐이다.

하지만 시인은 '경계' 자체에 주목하고, 수직과 수평의 두 차원에서 설정된 경계선이야말로 '공중그네'를 하나의 곡예로 완성하는 핵심적인 힘이라는 사실을 드러낸다. 「공중그네」에서 느끼게 되는 밀도 높은 긴장감 역시 시인이 발견해 낸 경계에서 비롯한다. 이를 통해 우리는 살아가는 모든 상황 속에 가로놓여 있는 '경계'를 감각할 수 있게 된 것이다.

내가 비행기를 타기 전 당신에게 쏟아부은 악담을 다 용서해줄 수 있겠어?

(…)

지상에 가까워질수록 무거워진 공기가 긴 침(針)이 되어 귓속을 찌른다

나는 손가락으로 귀를 막고 침을 삼킨다

언제쯤이면 나를, 내 삶을 덜 증오하게 될까
나이가 들수록 증오는 더 거세게 타오른다
증오의 정점에서 나는 나를 밀어버릴 수 있을까

장대높이뛰기 선수가 바를 넘는 순간 허공의 정점에서
잠시 멈춰 떠 있는 것처럼
우리는 먹구름 속에서 오늘과 내일 사이에 있었다
―「날짜변경선」 부분

경계를 감각하는 일상의 모습은 이렇다. 여행에서 돌아오는 길에 '나'는 상대방과 언성을 높이면서 싸운 것으로 보인다. 사소한 것들로도 기분이 크게 좌우되는 여행지에서라면 상대방과의 다툼 역시 비행기를 타는 순간 이미 기억조차 할 수 없는 작은 일이었음에도 본의 아니게 커졌을지 모를 일이다. 끝내 상대방과 화해하지 못한 '나'에게 지금의 비행기 안은 평소라면 느끼지 못했을 경계를 자각하게 되면서 자신의 내면과 고스란히 얽히는 중층적 공간으로 변모한다. '날짜변경선'을 지나 시간의 경계를 인식하게 되면서 끝내지 못한 어제의 싸움이 오늘로 이어지고, 비행기의 고도가 낮아질수록 "불안정한 대기"의 경계를 인지하게 되면서 상대방에게 "쏟아부은 악담"이 "무거워진 공기"와 함께 자신의 "귓속을 찌"르며 되돌아오는 식으로 말이다.

　일반적으로 다툼은 저마다 고수하고 있는 원칙이 서로 충돌하면서 벌어진다. 선험적 차원을 비롯하여 경험과 지식 등을 통해 습득한 자신의 원칙에 대한 보편적 믿음이 그것과 대립하는 상대방의 원칙을 예외적이라고 선언하게 되면서 다툼이 일어나는 것이다. 이처럼 개인 간에 벌어지는 작은 다툼조차 자신의 원칙을 확장하기 위해 타인의 경계를 거침없이 침범하는 제국적 방식과 닮아 있다. 니체가 『도덕의 계보』에서 인식의 주체인 인간들이 정작 자신에 대해서는 잘 알지 못한다고 한 뼈아픈 지적을 떠올려보자. 니체의 말대로, 우리는 타인에게까지 자신의 원칙을 적용하기 위해 많은 힘을 쏟으면서도 정작 자신의 가치판단을 구성해온 수많은 조건들에 대해서는 단 한번도 진지하게 생각해보지 않는다. 자신을 어둠 속에 완전하게 숨긴 자들은 언제나 타인의 눈을 멀게 하는 강한 빛을 무기로 삼아왔던 것이다.

　경계에 대한 신철규 시인의 예민한 감각은 타인을 향해 확장해나가던 '증오'의 경계선을 자신의 내면으로 전환하는 데에 성공한다. 이는 자신이 간직해왔던 가치판단의 근거들에 대한 재검토로 이어지는데, 그 결과 우리 앞에는 "증오의 정점"이 드러나게 된다. 이것은 누군가를 향한 분노의 감정이거나 스스로를 자책하는 것이 아니다. 타인을 판단하기 위한 근거로 사용되던 요소들을 비판하는 '증오의 관점'으로 바라보면서 만나게 된 순간이다. 작품에 제시된 "허공의 정점"과 견주어보면 좀더 명확하게 이해할 수 있다. 분명한 목표를 가지고 있을 장대높이뛰기 선수에게 "바를 넘는 순간"의 지점은 성공과 실패를 가르는 경계일 뿐이다. 하지만 이 지점에 시선을 고정하고 말 그대로의 '정점'으로 받아들인다면, 지금껏 손에 쥐고 있었던 수단('장대')과 반드시 이루고자 했던 목표('높이') 둘 모두의 속박에서 풀려나는 가능성의 기원으로 변모한다. 타인과의 관계를 어떤 목표와 결부하거나 효율적 수단으로만 여기는 게임과도 같은 현실에서 처음으로 벗어나게 되는 것이다. 이로써 이 시집은 타인과의 관계에 대한 섬세한 기록이 된다.

여기는 지도가 끝나는 곳 같다

나는 생각을 멈출 수가 없습니다
내가 인간이 아니라는 생각을

생각을 멈추어도 나는 사라지지 않습니다

인간이 아닌 것이 인간이 되려고 한다
인간이 아니기 때문에 인간이 되려고 한다

(…)

우리는 여권을 잃어버린 여행자처럼 고개를 숙이고 있
었다
서로의 발끝만 내려다보면서

손바닥을 펴서 네 심장에 갖다 댈 때
눈 속의 지진
지진계처럼 떨리는 속눈썹

———「해변의 눈사람」 부분

육지와 바다를 가르는 명확한 경계이지만 사실 그 경계를
무화하는 움직임으로 가득한 '해변'이 이 작품의 진술을 가
능하게 만드는 배경이다. 이를 통해 우리는 다시 한번 경계
에 대한 상상력을 환기할 수 있는데, 오브제처럼 등장한 '눈
사람' 역시 마찬가지이다. 단어의 구성상 눈사람은 '눈'과
'사람'의 경계를 숨기는 데 성공하면서 의미 소통의 구조 속
으로 편입된다. 형태적으로도 위와 아래를 구분하는 경계로
써 자신의 존재 의미를 획득하지만, 타인에게는 오히려 그
경계가 지워진 채로 받아들여진다. 육지와 바다, 눈과 사람
의 경계들이 어지럽게 얽혀 있는 눈 덮인 해변에서 시인은
결국 '인간'이라는 명명 안에 담길 수 있는 가치의 경계에
대한 질문으로 나아간다. 인간으로 살아간다는 것이 때로는
인간이라면 할 수 없는 행위까지 하게 되는 변명이 되어버
린 현실 속의 경계들까지 포함해서 말이다.

자신의 존재를 보증해주는 '여권'만 있다면 경계를 넘는 일은 그대로 합법이 된다. 그래서 때로는 인간의 경계를 넘는 일이 합법적 행위로 쉽게 저질러진다. 그렇다면 경계를 넘어 벌어진 행위들은 어떻게 증명되어야 할까. 경계를 넘기 위해 필요했던 '여권' 즉 '나'를 증명하는 가치들 뒤에는 결국 또다른 '나'를, 그리고 '나'와 다른 타인을 부정하는 행위가 반복될 수밖에 없다. 신철규 시인의 질문은 이같은 현실 속에서 인간이란 어쩔 수 없이 서로에게 "손자국"을 남기면서 살아간다는 사실을 드러낸다.

'인간'이라는 이름으로 서로 주고받는 상처와 흔적들로 만들어진 존재가 바로 우리라면 차라리 "여권을 잃어버린 여행자"가 되는 것을 선택할 수도 있겠다. 자신을 증명할 '여권'이 없는 자는 넘어온 경계를 같은 방식으로는 되돌아갈 수 없으며, 지나온 길에서 경험한 것들을 다시 확인해보는 과정을 필연적으로 마주할 수밖에 없다. 상처를 주지 않고 살아가는 일은 불가능해 보이지만 최소한 이 선택은 서로 주고받은 상처를 확인할 수 있게 만들어줄지도 모르기 때문이다. 시인은 예민하게 반응하는 "지진계처럼" 그렇게 아주 작은 상처들에 반응하면서 기록해나간다.

옥상에 새가 죽어 있었다 정갈하게 날개를 몸에 붙이고 발가락을 오므리고 가만히 누워 있는 그것을 보고 걸음을 멈춘 채 우두커니 서 있었다 안개가 짙은 아침이었다 서

울역 너머 멀리 남산타워 꼭대기까지 안개에 잠겨 있었다 흡연실 유리창들에 물방울이 맺혀 있고 상한 우유를 쏟은 개수대처럼 세상은 뿌옇다 새는 안개를 뚫고 가다가 유리창에 머리를 부딪쳤는지도 모른다 새가 기절했을지도 모른다는 생각에 나는 멀리 돌아 흡연실의 다른 쪽 입구로 들어가서 담배를 피웠다 흐려서 잘 보이지도 않는 남산타워를 마냥 쳐다보았다 기압이 낮아서인지 뿌연 담배 연기가 느리게 퍼져갔다 곁눈질로 새가 깨어나기를 바라면서 앉아 있다가 사무실로 내려갔다 한 시간쯤 뒤에 다시 옥상에 올라왔을 때 새는 그 자세 그대로였다 찰나의 고통에도 몸은 오그라든다 몸통보다 큰 날개를 가진 새는 없구나 새의 뼈는 비어 있다는데 그래서 두개골도 약한 것인가 눈이 까만 새였다 미동도 없는 눈이 수박씨처럼 까맸다 청소원 휴게실로 내려가 비닐장갑과 비닐봉지를 빌렸다 아주머니도 나를 따라 옥상으로 왔다 비닐장갑을 끼고 새를 들어 비닐봉지에 넣었다 비닐장갑을 낀 손에도 온기가 전해졌다 아주머니가 안됐다는 듯 혀를 찼다 화단에 묻어주세요 네, 그럴게요 이 건물 주변엔 화단이 없는데 나는 왜 그렇게 말했을까 겨울이라 꽃도 없을 텐데 실이 툭 끊긴 것처럼 삶과 죽음이 나뉘는 순간에 대해 오래 생각하면서 또 담배를 피웠다 엔딩 크레디트도 없이 엔딩 음악도 없이

—「엔딩 크레디트도 없이」 전문

상처의 기록자로서 신철규 시인의 특징이 가장 잘 드러나 있는 작품이다. 도시에서라면 흔한 에피소드를 담담하면서도 상세하게 그리고 있는데, 특히 연과 행을 나누지 않은 산문 형식은 "안개가 짙은 아침"을 맞은 도시의 풍경을 부각한다. 최대한 감정을 배제하고 객관적 전달을 중심으로 한 문장 형태는 보고서처럼 느껴지기도 한다. 동시에 작품의 배경인 "옥상"이 원근감을 제공하면서 "남산타워 꼭대기"마저 흐릿하게 보이는 안개 속의 풍경을 기록하고 있는 이 장면은 도시의 단면을 선명하게 드러낸다. 도시의 코드는 자신의 육체에서부터 내밀한 감정에 이르기까지 모든 것을 진열대 위에 전시 가능한 상태에서 작동한다. 우리는 진열대를 바라보면서 주어진 조건에 맞는 선택을 할 뿐, 상품화 이전에 존재했을 고유한 가치를 구별해내는 능력은 점차 퇴행해간다. 쇼윈도우의 투명한 유리창 너머의 세계처럼 모든 것을 바라볼 수 있지만 정작 어떤 것도 구별할 수 없는 도시의 삶 속으로 불현듯 '새의 죽음'이 삽입된 것이다.

시인은 죽은 새를 처음 본 사람이라도 되는 것처럼 그 사건을 빠짐없이 관찰하고 기록한다. 죽음의 원인과 가능성을 추측하는 데에서부터 죽은 새의 몸통과 날개의 비율, 뼈의 특성, 두개골의 구조, 눈의 형태에 이르기까지 말이다. 그럼에도 이 죽음은 "비닐장갑과 비닐봉지"라는 최소한의 거리가 확보되어야만 받아들일 수 있는 사건에 머문다. 감염

병으로 인한 재난의 상황을 반영한 작품 「인간의 조건」에서 확인할 수 있는 것처럼, 자신의 "체온과 동선"이 다른 사람에게 해를 끼치게 되는 지금의 현실에서 우리는 "투명 비닐장갑"을 낀 채로만 "서로의 얼굴을 더듬"는 것이 허용된 삶을 살아가고 있다. 따라서 이 사건의 기록자로서 신철규 시인이 끝내 남겨두고자 하는 것은 객관적 정보가 아니라 "찰나의 고통"이다. 고통을 감각하고 공유하는 것만이 세상의 무수한 죽음에 주목하게 만들고, "비닐장갑을 낀 손" 너머로도 "온기"를 전할 수 있는 유일한 방법일 것이다. 그렇게 고통의 순간은 사라지지 않고 "네, 그럴게요"라고 끊임없이 기록하며 시를 쓰겠다는 신철규 시인의 다짐과 함께 우리에게 전달된다.

+손

그런 시인에게 '손'은 남다른 관심사일 수밖에 없다. 어떤 행위, 특히 무엇을 만들기 위한 목적과 결부된 행위들로 인간을 정의한다면 손은 인간의 본질과 직접 연관되어 있기 때문이다. 인간에게 고유한 미학적 판단이나 태도가 각 신체 부위의 능력에서 비롯하는 것으로 여겼던 키케로는 손이야말로 인간의 예술적 사고와 유용한 기술 모두를 실현하는 능력을 가지고 있다고 말하기도 했다. 동시에 손은 물리적 수단으로서의 범주를 훌쩍 넘기도 한다. 서로의 손가락을 엇갈리는 행위가 진심을 확인하는 수단이 되거나, 두 손을 맞잡는 것만으로도 절대적인 존재와 소통할 수 있다고 믿는 것처럼 손은 우리의 내면을 가장 직접적으로 표현한다. 신철규 시인은 '기록하는 자'로서 이처럼 자신에게 주어진 손의 역할을 자각하고 확인해나간다.

(Ⅰ)
슬픔에 빠진 사람에게는 두 손이 먼저 나가고
두 손으로 한 손을 감싼다

처음 두 발로 걷기 시작했을 때
아기는 두 팔을 앞으로 해서 걷는다
무언가를 붙잡기 위해
어딘가에 기대기 위해
언제라도 엎어지기 위해

—「악수」 부분

(Ⅱ)
우리는 하나의 담요를 두르고 서서 물소리를 들었다
서로의 어깨를 손바닥으로 비비며

—「약음기」 부분

나는 그의 등 뒤로 나의 두 손을 맞잡았다,

흘러가지 않기 위해

흘러내리지 않기 위해.

　　　　　　　　　　　　　　　——「단추를 채운 밤」 부분

(III)

손이 멀어지면 몸도 마음도 멀어진다

몸에서 마음이 떠난다

　　　　　　　　　　　　　　　——「뜨거운 손」 부분

　시인이 무엇보다 '손'에 주목하는 이유로는 그것에 내재된 인간의 본성적 측면 때문이라고 짐작할 수 있다. 신체의 균형을 잡기 위해 본능적으로 팔을 내밀게 되는 것처럼 누군가의 손을 잡거나 그 손의 도움을 받게 된다면 쓰러지지 않겠다는 확신은 본능에 가깝다. 어떤 슬픔을 만났을 때 가장 먼저 손을 내밀게 되는 것은 이같은 무의식적 경험에서 비롯한다(I). 위로를 전달하기 위해서라면 기꺼이 최대치로 손의 영역을 사용하는 방법을 발명해내거나 두 손의 힘을 다해 확보한 공간 안에 상대방을 머물게 하면서 안정을 제공하는 것 또한 본능의 차원에서 발전해나간 것이라고 할 수 있다(II). 하지만 그 손은 다른 사람에게 상처를 줄 수 있는 수단이기도 하다. 손을 통해서 위로를 전달할 수 있다는 믿음은 더이상 손을 내주지 않는 작은 행위만으로도 타인의 존재를 감각할 수조차 없는 지경으로 쉽게 변화한다(Ⅲ).

그렇다면 손의 역할을 자각하게 된 시인에게 다음과 같은 장면은 자신의 손을 필요로 하는 어떤 순간도 더이상은 놓치지 않겠다는 다짐으로 볼 수 있겠다.

> 물속에 손을 넣으려고 하면
> 손을 잡기 위해 떠오르는 손이 하나 보인다
> ──「불투명한 영원」부분

가라앉는 몸의 방향과는 반대로, 아기가 걷기 위해 그러는 것처럼 물 위를 향해 간절하게 내뻗었을 304명의 손들. 시인이 "물속에 손을 넣"을 때마다 "떠오르는 손"은 우리가 타인에게 내밀지 못했던 손의 한계를 아주 명확한 고통과 함께 떠올리게 만든다. 그 손들을 대신해서 시 쓰기를 선택했던 많은 시인들처럼 신철규 시인은 여전히 그 고통을 향해 손을 내밀고 있는 것이다.

+파레르곤

시인의 손이 가닿은 구체적인 풍경은 「슬픔의 바깥」이라는 같은 제목의 시 세 편을 통해 확인해볼 수 있다. 수록 순서대로 각각 '하루살이' '라훌라' '낮달'이라는 부제가 달린 이 작품들은 자신의 경험 또는 직접적인 관찰로 그려낸 일상의 풍경이라는 공통점이 있다. 조금 더 구체적으로 살펴보자면 (역시 수록 순서대로 말해서) 시골집을 방문했을 때 문득 어머니의 늙어가는 모습을 확인하거나, 신체 장애가 있는 엄마와 아들 간의 실랑이를 버스 안에서 목격하고, 커피를 배달하기 위해 승합차를 기다리는 다방 종업원의 모습 등이 주된 장면이다. 낯설지 않은 이 상황들은 저마다 처지가 다른 독자들에게도 무리 없이 받아들여지는데, 동시에 그 익숙함은 마치 '숨은그림찾기'라도 하는 것처럼 작품을 반복적으로 읽게 만든다. 우리는 주제적 관점에서 이들이 모두 '슬픔의 장면'과 관련되어 있다는 것을 쉽게 파악할 수 있다.

그렇다면 우리가 이 작품들에서 받아들이고 이해하게 된 슬픔은 어디에서 비롯하는 것일까. 사실 그것은 단순하지 않다. 만일 늙은 어머니의 "우둘투둘한 손등"에 피어난 "검버섯"(「슬픔의 바깥―하루살이」)이나 "직각으로 구부러져 단단하게 옆구리에 붙어 있"는 "왼팔"(「슬픔의 바깥―라훌라」), "커피포트와 찻잔"이 담겨 있을 "보라색 보자기"(「슬픔의 바깥―낮달」)에서 우리가 슬픔을 느끼게 된다면 그것은 개인적 고통의 감각과 무관한 '슬픔의 평균'만을 이해하는 일이 될 것이다.

부제에서 언급된 '라훌라'를 떠올려보자. 잘 알려진 것처럼 라훌라는 석가모니의 출가 전 아들로 출가에 걸림돌이 되는 존재였기에 '장애'라는 뜻의 이름을 갖게 된다. 그 역시 나중에는 출가를 해서 석가모니의 제자가 되는데, 아버지이지만 스승으로서 평생 석가모니를 바라보던 라훌라의 내면을 우리는 어떻게 이해할 수 있을까. 생물학적 관계를 중심에 두고 운명적 슬픔이라고 부르든, 종교라는 가치의 관점에서 슬픔의 극복으로 부르든 간에 우리는 '라훌라'의 내면을 결코 알 수 없을 것이다.

타인의 고통에 예민하게 반응하는 신철규 시인이 이 장면들을 "슬픔의 바깥"이라고 명명한 이유도 여기에 있다. 회화의 의미 전달 방식을 이야기하던 데리다의 말을 떠올려보면 시인의 의도에 좀더 쉽게 다가갈 수 있는데, 데리다에게 '~의 바깥'은 안과 밖을 구별하는 고정된 경계로 생겨나지 않는다. 따라서 예술 작품(가령 액자와 함께 제공될 수밖에 없는 회화)이 의미로 통용되는 기존의 순간들에 안과 밖을 나누는 이분법이 언제나 작용해왔던 점을 비판한다. 오히려 중요한 것은 경계를 넘나들면서 고정된 내부의 목적성을 파괴하고 외부의 것들과 자유롭게 소통하면서 결핍을 드러내는 움직임이라고 강조했다. 그것을 데리다는 '파레르곤 (parergon)'으로 설명했는데, 신철규 시인이 주목하는 '슬픔의 바깥'은 이와 닮아 있다. 시인이 목격하는 타인의 슬픔은 파레르곤처럼 슬픔 그 자체도 아니고, 그것의 극복을 희망하는 바깥도 아니다. 슬픔의 '바깥'에서 상황의 객관적 작동은 멈추고, 고정되어 있던 한계를 벗어난 '슬픔'은 다시 모

든 개인에게 최대치의 고통으로 전달되는 움직임으로 가득
할 뿐이다.

경계를 움직이는 기록자들

   보통의 일상에서 경계를 확인하는 일은 경계를 사이에 두
고 서로 마주한 힘들에 대한 이해가 선행되어야 한다. 이해
하기 위해 정보를 모으는 과정에서 자연스럽게 하나의 기준
이 생겨나고, 그 기준을 중심으로 힘의 대립이 시작되면 경
계가 드러나는 것이다. 그리고 하나의 경계는 또다른 경계
들로 확장하면서 결국 보편적 체계를 만들어나가는 원동력
이 된다. 이와 같은 경계의 확장이 우리의 감각 안에서 인지
체계와 연관되어가는 과정은 근대국가의 성립과도 깊이 관
련되어 있다. 들뢰즈가 표현한 대로 국가는 다양한 경계선
들의 분할로 이루어져왔고, 그 안에서 수많은 차별과 억압
을 생성하면서 작동하는 시스템이기 때문이다. 배타적으로
그어진 경계선들이 곧 생존의 위기인 유목민들의 삶의 방식
을 떠올려본다면 경계로 유지되는 국가적 폭력은 단순한 비
유가 아니라는 점을 알 수 있다.
   이 시집의 첫 시 「세화」는 세상의 모든 경계를 따라 퍼져
있는 상처와 고통을 기록하던 시인에게 종착지이자 출발점
이 된다. 4·3 항쟁의 역사적 사건 속에서 '세화'는 이 땅에

잘못 그어진 경계가 만든 고통을 여전히 간직하고 있는 곳이며, 누구나 "해변을 걷다보면 다시 또 여기로" 되돌아올 수밖에 없는 곳이다. 시인은 그곳에서 외면할 수 없는 역사적 상처를 다음과 같이 기록한다.

죽이려고 하는 사람들 앞에서
살아남으려는 사람들은 어김없이 폭도가 된다

자신의 행위에 대한 정당성에 집착하는 자들은 언제나 "죽이려고 하는 사람들"이다. 마치 누군가를 죽이는 것은 부차적인 문제일 뿐, 우리의 삶을 최대한 합리적으로 만들기 위한 노력이라는 것을 내세우는 것처럼. 반면에 "살아남으려는 사람들"에게 논리 따위는 애초에 존재하지 않는다. 살아야 한다는 것에 이유는 필요 없으니까. 아이러니한 것은 "죽이려고 하는 사람들"이 악착같이 만들어낸 논리가 때로는 살아남기 위해 행동한 사람들을 엉뚱하게 "폭도"라고 설명하는 방식으로 남게 된다는 사실이다.

인용 구절은 시인이 그 속에 그어졌던 경계를 허물어 다시 기록한 것이다. 따라서 이 구절은 이제 논리를 만들어내는 사회구조 속에 내재된 폭력을 증언하는 말이 된다. '국가가 곧 이성을 체현한다'(아우구스티누스)는 말을 아직도 믿고 있는 자들의 허구를 폭로하고, 세상에 수없이 잘못 그어져 있는 경계선들에 경고하는 말. 신철규 시인을 이곳까지 따

라온 우리는 이제야 그의 바람대로 "해변과 수평선 사이"에
설 수 있게 되었다. "무지갯빛 슬리퍼 한 짝"이 경계를 넘나
들며 움직이는 그곳은 마치 시인이 벽사(辟邪)를 기원하면
서 그린 그림(歲畫)처럼 보인다.

南勝元 | 문학평론가

끊임없이 맴도는 말들과 계속해서 되뇌는 말들.
투명한 것이 온도와 밀도의 변화에 따라 색을 띠게 되는
것처럼
생각의 집적과 생각의 경로에 따라 무게가 달라지는 말들.

그 말들 때문에 여기까지 왔다.

부족공동체의 유일한 생존자처럼
누구와도 말을 나눌 수 없는 사람이
곧 내가 아닐까 하는 생각을 곧잘 한다.
어떤 대화도 혼잣말이 되어가는 것 같다.

꿈에 나오는 것은 다
지금 내 옆에 없는 것들이다.
잠시 잠깐 인간이 되었다가
대부분의 시간은 인간이 아닌 채로 살아간다.

미워할 수 없는 사람들과

오해로 점철된 말들과

포기할 수 없는 시간들이 있다.

터무니없이 부서진 마음을 그러안고 인간의 조각들을 수
습하고 있다.

2022년 3월
신철규

창비시선 473

심장보다 높이

초판 1쇄 발행 / 2022년 4월 1일
초판 3쇄 발행 / 2024년 4월 26일

지은이 / 신철규
펴낸이 / 염종선
책임편집 / 조용우 박문수
조판 / 박아경
펴낸곳 / (주)창비
등록 / 1986년 8월 5일 제85호
주소 / 10881 경기도 파주시 회동길 184
전화 / 031-955-3333
팩시밀리 / 영업 031-955-3399 편집 031-955-3400
홈페이지 / www.changbi.com
전자우편 / lit@changbi.com

ⓒ 신철규 2022
ISBN 978-89-364-2473-2 03810